随兴曲

李宜诺◎著

时代文艺出版社
SHIDAI WENYI CHUBANSHE

图书在版编目（CIP）数据

随兴曲 / 李宜诺著. -- 长春 : 时代文艺出版社,
2024.1
ISBN 978-7-5387-7288-3

Ⅰ.①随… Ⅱ.①李… Ⅲ.①诗集－中国－当代
Ⅳ.①I227

中国版本图书馆CIP数据核字(2023)第214434号

随兴曲
SUI XING QU

李宜诺　著

出 品 人：吴　刚
责任编辑：孟宇婷
装帧设计：大　豆
排版制作：任　奕

出版发行 时代文艺出版社
地　　址：长春市福祉大路5788号　龙腾国际大厦A座15层（130118）
电　　话：0431-81629751（总编办）　0431-81629758（发行部）
官方微博：weibo.com/tlapress
开　　本：880mm×1230mm　1/32
字　　数：142千字
印　　张：7.75
印　　刷：吉林省恒盛印刷有限公司
版　　次：2024年1月第1版
印　　次：2024年1月第1次印刷
定　　价：49.80 元

图书如有印装错误　请寄回印厂调换

目

CONTENTS

录

诗性跳动的翅膀

宗仁发

不得不说，谈论李宜诺的诗歌或者为时尚早，不仅是因为他的写作尚在萌芽阶段，还存在着属于大多数年轻写作者可能滞留在青春路段的诸多不确定性，如果假以时日，随着人生阅历和体悟的不断加深，自然会呈现出新的可能的超然态势。当然在现在，面对他既往诗歌文本中时不时闪现出来的青涩稚嫩的句子，我们还应抱有宽慰理解的态度，就像我们在早期兰波的诗歌中，总是被他青春逼人的光芒所灼射，以至于忽视了他疲于奔跑的局促。以及不假思索的人生态度都是漫涣无理的，似乎永远在寻找和试图发现一个纯洁的世界，好在心灵的白纸上画出更新、更美的图画。但是梦想和现实的差距，却总如痴情苦恋般彼此消磨，虽然日久弥新，不过随着心智和记忆的不断被唤醒，依然会在对世事沧桑流变的体悟中，感受到刻骨铭心的欢欣和痛楚。

这是少年人的天性使然，过分地沉迷于想象力，仅凭着内在的自然喷发，很难达到诗性叙述中情感和修辞的双重控制。所以李宜诺信马由缰，以跳脱的文字带给我们的也无所谓什么经验，而是单纯的感受，充满了属于他这个时代的先入为主的小心思，里面藏着太多的秘密，小到关于一朵花的悄然生长、暗自生香，大到一个星球的寂灭，都有着自由而朴素的生命轨迹。读李宜诺的诗，让我惊喜的是他文字中表现出来的青春力量。他的诗灵逸清透，用干净的语言表达了他对个体生命及自然的敬意。在他有限的视野之内，世界的开阔和明朗，万物的回旋往复与升腾，都是对不朽之爱的诗性解读。因而他的所有感受都是真实的，犹如草尖上滴翠的露珠，又如小鹿舒缓而迟疑的奔跑步调，总会迎风招展，在曦光中抵达青春盛景。

讲了这么多，并不是表示我对这个至今还未满十八周岁的年轻人写作的过度首肯。在李宜诺的作品中，还跳不出同时代初涉写作者的通病，满怀着真诚甚至炙热的人生态度，但文本中表达出来的内容还缺乏质感，浮在生活的表面，无法深入。他们的写作题材也因此相对狭窄，关注的重点也多是人与人之间或人和自然之间彼此交流、触碰的最初感受或疾速反应的情绪，具体为背景环境中的家庭、校园、城市或乡村的特定角落和部位的频次出现，作为个体生命价值体现的亲情、友情及爱情则成为首当其冲的写作母题，这种泛化写作的优势是写作者作品中展现的明朗坚定的生活姿态很容易与读者产生共情，短板却是这种共情有可能陷入过度沉湎的滥觞，就此遮蔽了庸常生活的真相，进而失去了形而上的对生命的质询和警醒意义。

　　好在李宜诺的写作中有意识地做了深度开掘尝试，在他的一首题目为《插入语》的诗歌中，他写道"往事如烟，将空杯注满／那压裂身躯的一刻／连同失去弹性的身体／被埋进泥土"，且不说"插入语"这个词本身便具有对固有人生秩序的反抗意味，从而有了内省的味道，其后诗句中的"空杯注满的云烟往事"与"被埋进泥土的弹性身体"，把生命和死亡的轻与重在抽象与具象之间反复抽拉压缩，最后以"就像一句多余的插入语"作为整首诗结语，呼应了诗歌首句中的"坚挺的空杯，拥抱着倒立的水"，隐喻了青春流逝的整个过程，让人读了精神为之一颤。类似这样的诗作，在他的作品中还有很多，这对于一个年轻写作者来说是难能可贵的，至少他在思考并进行探索，正是这份思考和探索拓展了他内心广袤江湖中的开阔气象，赋予了他诗歌的翅膀，在文字的国度里自由翱翔。

最后，衷心希望李宜诺的诗歌越写越好。是为序。

———————

宗仁发，《作家》杂志主编，中国作协全委、中国诗歌学会常务理事，长春市作家协会主席，吉林省文艺评论家协会主席。主编的《作家》杂志荣获第三届中国出版政府奖期刊奖；编发的作品曾获第一、二、四届鲁迅文学奖和第九届茅盾文学奖；诗集和文学评论集曾获第三届和第十届吉林省政府长白山文艺奖。著有评论集《寻找"希望的言语"》，诗集《追踪夸父》《大地上的纹理》，散文随笔集《思想与拉链》等。

随兴曲

/

/

/

重复的事我不愿再做

活着何须奖励或补贴

路太难就换一条走吧

我想把这首随兴曲送给你

音符漫散飘浮，如

颗颗不谙世事的星球

呼吸激起星云

指尖画出银河

随意拼贴属于我的宇宙

无论他们说曲风平淡与否

我不愿再关心

闲言絮语的内容

五线谱连接

黑与白的交错

狂想不曾停摆

踏板促进融合

云梯与彩虹擦肩

就让我沦陷在乐音的海

你的眼神　我的动作

绝对随兴　绝不随意

曲已终

你追逐

泡沫般幻灭的切分音

我记起

你脸上澄澈透明的笑

缘自我们的初遇

青春颂

/

/

/

给我以水流吧

我要将心中磐石打磨一新

给我以时间吧

我要将一切孤独和幻象

打入地牢

再用所有的眼泪和欢笑

尽情拥抱

那垒成荒山的困难

终会被我们翻越

热切而自由的思想啊

你与光并驾齐驱

速度胜过千万鸟雀

每个平淡的日子

都因正值青春

而笼上耀眼的光彩

你是熊熊燃烧的火

点燃我们眼中的热爱

那运动场上挥毫如雨

那校门墙外希望盛开

那迎难而上的风华身影

那决不动摇的执着等待

都是青春相册里

最朴实却最华美的一瞬

青春啊

你是作曲家

用蓬勃的生命谱成旋律

你是建筑师

用坚实的脚印

筑成日益丰盈的未来

在人生岁月的长河里

你永远是最璀璨的浪花

回忆录

/

/

/

长　街

两座相对而立的楼宇

洒点笑声，铺好草坪

再添一双铁栏杆里

盼望放学的眼睛

我的童年就是如此光景

买了儿时爱吃的糖

行走在曾经每天拜访的长街

眯着眼睛，计算、再算

直到眼前一派陌生

心像起重机

把我的回忆举起

我是否该让它落地？

旧景一片片

衰老墙皮般

从眼前剥离

十多盏星星熄灭大半

一并熄灭的还有我的心

兜兜转转　又绕回某地

一个面生的阿姨迎上

以她一贯的热情

没敢问之前叔叔的去处

拎本杂志就匆忙离开

唏嘘报刊亭的位置

也经历斗转星移

买了支雪糕

没能驱走身体的燥热

却加剧心底的寒冷

长街啊！你回答我

那两千多天的逝去

你可否见证？

葬　雀

纤细脚爪

寒风中震颤

棕灰羽毛

凌乱地皱缩

我为你搭建雪的宫殿

让流泪的心得以长眠

紫丁香

舒展的不仅有花瓣

还有晚春

被你染上清香的空气

我采下一朵浅紫

让你安睡于盛水的小瓶

树枝草叶都来点缀你

陆陆续续

被擦亮的不止生活

心底的阴雨也为你放晴

屋顶上的风景

攀上老旧木梯

放飞心头白鸽

云飘得很慢

天蓝得耀眼

午后时光在眺望里

打旋转弯

金色岁月像远走的麻雀

一去不返

淋雨的傍晚

犹记那天

灰暗天空被雨逼回青白

是珠帘，是罗幕，是半倾的海

书袋护在胸口

眼镜揣回裤袋

没有护盾或甲胄

箭雨中两个身影疾走

温暖终于来临

电吹风烘干皱成一团的心

停电时分

黑暗，现实和心理的

逼迫，主动发出和被动承受的

抗议，微弱到转瞬的

总让我置身停电时分

世界晦暗　手电筒罢工

一支红烛不忍泪流

姥姥被烛光点亮

轻柔的语调带我抵达

她少年岁月的入口

光羞于露面　电难以启齿

红墨在碗底尽兴舒展

说话起身　小心别带起

让人停电的风

嗅闻压力，我点燃

从旧时光里漫延至今

不可消散的一缕白烟

谁

谁能抛弃一身绚烂

把膨胀的欲望

压缩得朴素

谁能撕碎高楼里

必备的防毒面具

自由呼吸

在儿时的小屋

谁能高举

神赐予的火炬

哪怕雨水当前

火光永不熄灭

谁能酿造

指尖厮磨的岁月

任往事悠悠流转

来饮浊酒一壶

十一格刻度

/

/

/

你一滴一滴润湿

我干涸的回忆

我一点一点靠近

你存在的黎明

我倒映出

你斑驳陆离的影

你拼贴着

我因风碎裂的心

相对论

/

/

/

我对你的念是物理变化

用刀割切

一毫未减

你对我的爱是化学变化

几滴眼泪

便能溶解

化学反应与凌晨三点的
实验室

/

/

/

称量三克星星

倾倒进五十毫升的夜空中

溅起几滴眼泪

再用黎明冲洗

不等式

/

/

/

变向

是不忍看你被负心者欺骗

根号

是玫瑰披上尖刺举着剑

公式

是谁在弯曲巷道里摸出的经验

定值

是磐石在水流冲击下

坚守的不变

单调性

/

/

/

不求完美的对称

或激进的最值

只是默默行进

日复一日

递增递减不过是

你对区间的誓言

却如此践行

直到远方无限

拥 抱

/

/

/

一个拥抱，一点温度

一双紧紧环绕的手

一朵清风，一颗星星

一片浓得化不开的草坪

一座城市，两颗心

月光下恬淡的微笑

慢慢回味，渐渐明白

那拥抱是你给我的解药

天　平

/

/

/

左加月光

右置繁星

你的心是架天平

等到深夜

让我称量着

这晚无眠的月光

得要多少星星入梦

才能平衡

如　果

/

/

/

如果我是骑士

我一定把城池夺下，给你

如果我是诗人

我一定把星星摘下，给你

如果我是数学家

我一定把你的心解成

完美的抛物线，给你

如果我是哲学家

我一定把枯燥的卷宗

点成蝴蝶，给你

可我只是个普通的中学生

资历平庸，还爱做梦

那我就把每个有你陪伴的瞬间

制成一生一册的年历，给你

解 药

/

/

/

你给我的一颗拥抱

是孤独的解药

天空在白日驻足

温柔在夜晚停留

二次方程

解出两个实数根

一是念你，一是怨你

相映红

/

/

/

蓝的底　红的花

霞是来自天边的绽放

溪的鸣　鹊的唱

枫是近在眼前的芬芳

我用笔记下

这晚秋的相映

你用冷峻的弧度

暗示我

见了绯红便要迎上

迎一段因巧合

而错愕到难以置信的时光

一次函数

/

/

/

一条直线

斜斜穿过原点

经过了我

身旁无声盘旋

有一个点

穿过我的世界

我们相遇

夜间不再失眠

只有两点

才能确定直线

因此你啊

不是孤身一点

几点共舞

绘出同心圆

七天假期

/

/

/

数好——

一共七天

一天忙碌掠过

一天与你初见

一天用来回味

一天拿来铺垫

再一天，用来预演

后一天，看你在我焦距间

演出多可爱的画面

最末一天，当作纪念

纪念因为你

被染成

不同意义的七天

啜饮流沙

/

/

/

天蓝的杯里

是翻涌的流沙

用金灿的勺

舀起盈盈的棕黑

一片漆黑的沼泽中

白鸽遗失的羽毛那么显眼

撇去苦涩

掠过深沉

眼前流沙的内涵

比我预想的简单

质量守恒

/

/

/

我被放进透明的囚笼里

我在想　有一天　能让自己绽放

一只纤纤小手将我取出

我躺在白沙的眠床间

等待滚烫的玻璃管将我点燃

我沉重的躯体逸成白烟

散落在无形的空气间

透过一层玻璃我看见

砝码就在我对面

顶端的铁钩变了个朝向

是在庆祝我实现心愿

时间和白烟终于沉淀

我用已经焦黑的眼
看那孩子笑道：
"看，质量没变！"
我想我顺便
也了却了另一个"心愿"

孤 岛

/

/

/

一圈一圈的深蓝

一束一束的暖阳

洒在两座岛上

一座绿意葱茏

一座杂草疯长

我和你隔着几层游鱼相望

忽然哪天

神的笔一点

海底板块交叠

我被拥进你怀间

岛上的孤独风化消散
几粒快乐种下，妙手生花

现在你我合一
盈盈的海上
灰暗褪去
惟余绿意

我不再是冰冷的孤岛
有另一座岛愿给我
温暖的拥抱

被动语态

/

/

/

他说

自己是个不及物动词

我看

自己是因你而起的被动语态

我是池塘

承接你眼里的雨

我是白猫

在你的怀里抽泣

我是沃土

捧住你坠下的心

我是夜空

小心涂着你赠予我金黄的梦境

我的忧伤　我的沉郁

我的柔思　我的挚愿

皆缘起于你

我的城堡分你一半

/

/

/

趁雨还没停　趁就快放晴

阳光收集圆满　雨水透不进来

坐在木凳上猜想

各类植物的发芽日期

孤独的花就快点开

吵嚷的草请慢些来

也许都不重要

贴紧本心才最好

摘几朵，不，最好是几瓣

雨水，盛在
一弯新月举起的酒盅里
先尝一口，甘甜纯净
再给你

你写的诗，我还没读完
就被笑声夺去
飘散在　有你身影的黄昏
失意的这个月份
迎来了不一样的清晨

绿　海

/

/

/

一片波澜不惊的海

在我面前平展

清风徐来

墨绿、阴影与阳光

在梦影里迷失航向

伤痕累累的心

在阳光拥抱下

褪去伪装

一树的笑声

在久违的问候里

踩着初秋空气

悄悄飘散

婉约派

/

/

/

小桥流水相配
彩笺纸素相约
绿肥红瘦相接

沉吟许久才开口
堆的词句为婉约
露怯时探出几句发言
埋没在奔涌江河间

亲爱的，我告诉你
有时你不必
将已出口的语言憋回胸口

不必将思考擦掉再斟酌

直到白纸上星星点点

倒映你的退缩

你该懂得

有时无须包装语言

仅需一句，简明直接

你要明白

保留内心柔软，即便

遭遇暴戾狂烈

我爱你，却不仅爱你的婉约

捉迷藏

/

/

/

我要把你
藏进被子的褶皱
这样凌晨就找不到你

我要把你
藏进纤细的叶脉
这样乌鸦就找不到你

我要把你
藏进叹气的尾音
这样瞌睡就找不到你

我要把你

藏进文字的空隙

只有我才能找到你

月光跳起华尔兹

/

/

/

带走了闷热和

卡在咽喉的抱怨

月光透过窗棂洒在楼梯上

乳白的轻缓随深夜倾泻

一曲华尔兹

在云的伴奏下舞蹈

跳进玻璃罐给鱼儿送美梦

跳上岁月合照为温馨标注日期

跳进八音盒却小心不撩拨

跳上书页用明亮当笔写作

跳进水晶球漫不经心散射

跳上床头看谁正失眠或失重

跳进白瓷碗请春天饮用

跳上玩具熊邀它与星光共舞

最后一盏街灯　灭了

街灯下的野花　开了

华尔兹的最后一拍

随褪色的夜缓缓落下

摘一串红色星球

/

/

/

摘一串　红色星球

酿一缸　甜蜜纠缠

贪食星球　牙齿将轰塌

纠缠狠厉　心灵会腐朽

我为星球

披几条金黄丝带

星球嫌外表蒙尘

丝带嫌内里尖锐

背靠背被他购买

细嚼轻磨　果香漫溢

酸甜参半　一句感叹

指点评判　交给胃酸

活 叶

/

/

/

一帧米黄的树叶

夹在透明的保护间

我用铁圈灵活拆解

沿脉络我刻下

代表文字的笔直和倾斜

请别担心，我会延续

对集聚和紧贴的你们的眷恋

当树叶上落满故事

你们还会再见；彼时我

将有一本活叶

表演者

/

/

/

一只苹果装上翅膀

向漆成湖蓝的穹顶飞去

一顶帽子蕴藏烟火

在挥舞与欢呼中点燃绚丽

一捧鲜花播撒馥郁

对着狂欢背后的人群

毁灭逻辑　焚烧道理

天体运行　遵循演出定律

托一点灯　燃一道浪

无须紧张　梦幻尽收手掌

盛装的朴素的都被点亮

脆弱的坚实的都兴致勃勃地说

油彩的凝固混合了汗

脸上的微笑撑到嘴酸

魔术的情节透过墨镜

朝每一位值得快乐的人看

众多的笑汇流成一个

向更精彩的表演试探

不是吸取笑声消化贪婪

而是见到笑容才会心安

表演的不仅是场梦

还有被声浪

掰下一角藏着的人生

今晚先纵情欢乐

忽略欢乐被喝止后的思索

舞台拆了　灯要留着

咧嘴放肆地笑

投洒出五光十色

沐浴着一位

将天真送上视线的孩子

把自以为最美好的

往世界的画布上抹

思　念

/

/

/

思念是道虹

你在眼前

我踏上云朵也无法相见

思念是盏灯

你在灯下

我在黑暗中无声地读写

思念是杯酒

你一饮而尽

我对你的怨也一滴不剩

惟余淡淡苦涩

萦绕舌尖

石膏像

/

/

/

盼过夜晚尽了　你在身边

望过雨季过了　你能出现

可我，只能默默伫立在

城市的角落

任凭路过的风

评头论足　指指点点

等到曾经的梦想被划破

再也不见

才能看清

被涂上灰尘的窗外

和自己如此靠近的天边

上膛手枪

/

/

/

你的爱是一支上膛的枪

一弹射出

胸腔回响

我的爱是一弓上弦的箭

决然射出

再无彷徨

墙　砖

/

/

/

正方是你，斜方也是你

光鲜是你，尘埃也是你

众人瞻仰的有你

颓圮叹息的也有你

百年前屹立在荣光身前

百年后吹灰于毫厘之间

泥土与玫瑰

/

/

/

我独爱你一个

你却以美撼世间

我只在乎你的心绪

你却担心　远方的伙伴

能否绽开笑颜

我卧听土地的絮语

你畅谈云层间的声音

但在深夜　你我不约而同

把碎裂的痕迹拾起

再拼贴成一株笑靥

迎接明天

童　话

/

/

/

那年我和你

失去了她

不忍你流泪

我编了个童话

你听——你听

那溪水　那流萤

每个声音都是

她给我们的回应

你不再哭

只静静地望

望那燃尽希望的头顶

又裂开朵朵细芒

如今我和你

失去了他

不忍我流泪

你编了个童话

云上有山　云上有水

云上有羽化成仙的梦寐

云边有花　云边有蝶

云边有他种下向日葵

你修改润色神情紧张

我只在一旁

默默地想

彼时的我与此时的你

何等相像

用几句童话劝对方

笑看世间荒唐

透射仪

/

/

/

眼里盛放犀利

口中毫不留情

我是一台冷峻的透射仪

情感也被割成三六九等

平凡的快乐葬送于小概率事件

我用一模一样的目光注视

鲜花和金币

把一切旁逸斜出的枝条

埋进"不合格"的废土堆里

我知道我不该

把万物都严苛审批

或许某天　有人卸下我身体

让我回厂修理

那我一定要借机

让被我关押的笑声

重新逃逸

作词人

/

/

/

看云卷云舒

把空旷的回忆填满

听花开花落

让沉默的夕阳赞叹

一笔一笔

让荒瘠染上青绿

再一针一针

把深夜时留下的伤口缝起

搁　浅

/

/

/

我是一条无名的鱼

在你心里的浅滩游弋

可谁料那天

怒火烧干了一片海

我只能在绝望的水坑里

祈求解救

抹茶瑞士卷

/

/

/

横一刀

散乱成两种绿

竖一刀

隔开了形单影只和热闹团体

斜一刀

奶油乱窜

抗议以关爱为名的虚假正义

放回盒中

几天变质

硬得像冥顽不化的心

蜂蜜绿茶

/

/

/

透过澄清的茶汤
也看不清你的脸
用力抓着微微的甜
却躲着荡起的冷淡
想倒进茶杯
放进冰箱冷藏一夜
却怕一起身
你就会走远

演　员

/

/

/

自幼我便站在舞台中央

将不堪的经历

编成平静的舞

将命运的痛击

不疾不徐地歌唱

终于等来

你这个观众

愿意驻足观赏

我心上开满了花

盖住了血红的伤

把每段琐碎的情绪

都写在歌里唱

没想到有一天

我们也会散场

你不再来　我也不再等

淡漠　成了日常

我的舞机械得

像电脑规划的轨迹

曾经的快乐和歌声

消失在哀号的晚风里

但我仍告诉自己

我要做自己的太阳

就算只能为自己发光

我一个人看自己演的戏剧

没有观众又有何妨

溶解度

/

/

/

看那粉笔甩出银白几点

在深绿的陆地上勾出几条曲线

一条敏感多变

一条一成不变

一条念想着温馨的从前

铺天盖地的水淹没一切

缠成一团的情绪

在平静里溶解

一杯把尖锐抛下

自己乘水而飞

一杯彻底决裂

与水杀得难分难解

一杯面无表情

却在遇见往昔回忆时

流下浊泪

咽　炎

/

/

/

一

冬天的冷空气划开喉咙
每次吞咽都涸起一道血红
必须应付的语言疲于奔命
又激起一圈圈恒久的痛

二

战火从喉咙烧到大脑
硫酸根、多边形、地磁场

在眩晕里汇成一个图形

身体是秤砣　右臂是秤杆

触不及近在眼前的半杯清凉

三

吞咽是一场盛大的施工

牙齿是切割机

喉咙是年久失修的起重器

举步维艰地将石料运送到肠胃

整个口腔

是无可奈何的包工头

见工人消极怠工

也只能默默叹气

体育馆

/

/

/

穹　宇

我在水泥森林里

想着得到

也想着失去

得到了在流言里立足的权利

却失去了头顶最蓝最蓝

那一方穹宇

窗棂

是一格一格的你们
把窗外世界
划分成斑驳的颜色
然而世界又怎能
仅由简单的色斑组成?

窗

我晦暗的世界
被掀开一道窗口
追着光我打量着
窗外的车水马龙

不见轻言絮语
只见行色匆匆
将尽的夕阳见无人欣赏
收起了炽热的绯红

苏　铁

见惯了背刺和偷袭

你在所有方向都竖起剑

用尖锐　警示世界

严禁猜测你的感情线

我却发现　你的内心

留了一丝温暖

用朝外的利刺围成一圈平坦

从季节的手中抢回黄叶

拥在你柔软的怀中

刺向世界的　是冰冷的利剑

叶脉里流淌的　却是滚烫的血液

口香糖

/

/

/

敏感的人

就像口香糖

剥开银灰的伪装

展露粉红的内里

先给予炽烈的温度

再品嚼甘甜的内心

大浪漫家

/

/

/

妖孽式的灯光往人脸上砸
逆着光，来了位大浪漫家
歌舞诗赋样样精通
甚至还会点盛唐的书法

话筒脱手歌声仍继续
是讽刺观众还是自己？
象征性点头摆手蜻蜓点水
也有人高举灯牌狂呼精英

在他笔下聚首的

尽是干瘪词句怪诞语言

去精取粗　毁灭经典

无需经验　雨滴倒立上天

书写笔法别具一格

超脱于所有字体的搜索

蜿蜒爬行的笔画

犹如屈居草丛的青蛇

玄虚云雾里衣袂潇洒

不愧为时代骄子的大浪漫家

血染的金钱都滚滚来吧

等到来世再把良心拾掇吗？

一只不想靠岸的船

/

/

/

海水刺痛双眼
啃噬我面容的盐分
重复，以成为我——
一只破烂的小船

海上的盐不会只浮在表面
泥土和草皮用我演练搁浅
心事怎能被一柄斧看穿？
我还不想靠岸

海上的单调难熬

重复的景色乏倦

但想到岸上炫耀特别的人

我还不想靠岸

爱过的风被鱼收藏

昏暗光亮被浪席卷

数着我独身航行的岁月

我还不想靠岸

我还不想靠岸

不想把脆弱捧在手掌接受围观

我还不想靠岸

五　季

/

/

/

摘一朵春花，却不要痴恋的蜂拥

嚼一口夏草，却不要热切的悠闲

赏一道秋实，却不要落英的飘逝

观一片冬景，却不要大地的冰封

只有第五个季节集齐了我最喜欢的

抛弃了喜欢以后的

再洒一船星辉

我的世界才趋近完美

油花涟漪

/

/

/

一串气泡在汤里游
洗净世俗的气味再上岸
异香压缩成白气
嘈杂的需求里伸展身躯

总在寡淡和油腻里徘徊
才会想掀起尝试的幕布
暗色块的堆压下是翻涌的涟漪
舒展着触须延伸到指肚
泛出神秘的海域在等我探测

赤诚反射，白即本色

残剩的白，沦为礁石

泅潜在傍晚这一面海

让我的心浸得油花般透明

拾起浮冰，划走陆地

支配起清脆的潮汐

换着轻重切着语气

要探出和放肆的反面共处的规律

觅而未果又有何要紧

飘在密度搭建的便利

斟杯空气品味余韵

油花抚平饥饿的胃口

却治不愈开裂的心

或许保持清醒的目的

也只是能正确地逃避

葡萄架下

/

/

/

你那么单纯

叶子还没蘸满

欣然接受

风与你的游戏

一头绿发　飘起再盖上

衰老者挺身而出

年轻者自在徜徉

稍一寻求，你就展现

身后宝藏

藤条世界，各得其所

在风中摇曳

浪　费

/

/

/

光被

路灯浪费

一地奢华叶影

花被

东风浪费

花瓣舞成飓风

真情被

冰箱浪费

水里冰块悬停

梦想被

现实浪费

燕子自裁双翼

幻　视

/

/

/

我写过的文字

像鲤鱼腾跃

凌晨锁门，再开窗

诺亚方舟启航

白天的画面

一帧帧化作岛屿

我漂浮在

词句堆成的海上

亮灯的楼房是友军讯号

寻找掩体　击败月亮

海妖赠送曲谱

龙王许下财富

都在甲板上积蓄重量

路灯化为灯塔

帮每个路人指引航向

闭眼　而后睁开

说不清

是枕上黄粱

还是幻视一场

最佳画作

/

/

/

铜汁调和

微粒撒播

每日练习

未曾间断的画作

画布呻吟

生命闪躲

底色罹难

海平面丢了颜色

没有评委

观众失踪

耗材怀念

没染污点的时刻

你与红烛

/

/

/

在绝望的狂涌之间

内心表面结成坚不可摧

深处却更易碎

谁携红烛

用微弱的温暖

融化我遥不可及的明天？

超越者

/

/

/

汗水如河，从手掌倒流回额头
用影计算，今天比昨天多的：
一滴海水，一垄土地，一只眩晕的
郁金香
今天比昨天少的：
一阵喧嚣，一句劝告，一段扎心的
文字
影子被挖成透光的白纸，所幸有余
你便以为你又超越自己

看台上的人为稀薄的阴影欢呼

阴影附着的人是你，你以为

叫好的人都是出于激励

就又蹲在最潮湿的角落

翻弄新一轮的算计

直到影子被风掠去，你才醒

因为你在身后又发现一个你

他疾呼超越，似乎要提醒

你挥洒风中的过去

失　眠

/

/

/

打字机上

按键背弃共同核心

被几滴水激起

翩翩飞舞

活成蝴蝶或鸟雀

一个人开车　总担心

头顶或脚下

不怀好意的石灰岩

你吐出气泡　没将我捞起

却在眼睑上栖息

诗人，请别担忧

你写的词句

就算都换成拼音

他们也不会懂

让反重力的纸笔

向太阳正中心瞄准

吞并或呕吐

眼里没有值得歌颂的一切

却紧追墙角青苔上渗出的血

玩着游戏　自己也成了游戏

在铁钉尖刀构成的海上

有某颗无主的灵魂

正在认真书写失眠

相　切

/

/

/

剑拔弩张的我们

凝固在彼此的边界

进一步是肉搏

退一步变冷战

无数直线

耳畔呼啸

怎么找出能令彼此

退让的那一条？

饥

/

/

/

冷汗沁在皮肤表面

被冒头的渴望烫成滚热

湿冷的脖领，阴凉的笔触

汇成寒冷的气流没入喉口

不敢吞咽，虚拟的饱足不可信

漂浮的字、悬空的红蓝黑

尴尬地卡在

失明和失焦的界限上

用向胃奔涌的空气欺骗

饱食的确认，却惹来

残响，冲回空气的抗议

我计算着分寸，

笔纸之间、饥饿之间

尽量少的活动与

无可避免的提醒之间

我这个老练的旅客犹如初来

挤进每条不由我决定的间隙

我不认可却只能

继续这场名为饥饿的冒险

笔尖被太阳怂恿

/

/

/

笔尖被太阳怂恿

磨成刺切割本应无暇的我

我代替没有颜色的我

看你把我的皮肤

按你所谓的规则刺破

我不要内涵，也不要深刻

我只想当回完整的我

和笔聊着

保护彼此的初衷

囚　兽

/

/

/

你并不向往

因为你不经历自由

沾沾自喜的玻璃倒映

一群因饱足而鼓胀的手

你鄙弃碌碌无为的蚂蚁

赞美自力更生的太阳

却不知道

太阳或许也是只谁的蚂蚁

镜子闪成水面分成两个世界

水下永远比水上凶险

你说不会凫水就不能入水
其实是不想默认水对氧的剥削
你不愿溺死在深刻之深
甘愿一生蹚在肤浅之浅

孤独久了听不惯人声
闭眼久了读不懂颜色
你怠慢闯入生活的细节
做了一只炫耀过往的囚兽

咖啡瘾

/

/

/

棕黑的轻浮液体

被按进一只小瓶

启封，瓶口飘出浓香的云

瓶里回荡清脆——

咖啡因撞上瓶壁的声音

你让我知道不存在

无代价的清醒

我听闻你能瓦解

骨骼搭成的躯体

锥刺后脑，倚靠眩晕

我在功利和身体中
选择出你，你旋即
绽放咖啡因，狞笑着
说送我清醒，不过
要从肉体上割一块给你
在你猛烈的攻势下，我
让步出一小部分我
你撤去风浪，甩荡细流
似乎满意

我在瞌睡时欲求清醒
又在清醒时找寻援军
一次便定终局的战役
战败的我，让
责备的线在身上绕成茧
不同于他们破茧成蝶
我是由一种丑陋
绕成另一种极端

咖啡教会我清醒，但
教不会忘却
我用凌晨和清脆
又造了一场祭典

修　正

/

/

/

叹口气就是一句道理

有点空就会被满盛

黄的白的灰的

在纸上飘

齿轮扯着线

回归正确的通道

裸露而赤诚的白

被套上紧身衣

在被掐鼻捂口时

仍任你操纵

是为表面的完美

还是为填补一块伤痕

花残存的勇敢

执行一次修正

耐　心

/

/

/

过于耐心的我，耐心地

看你演示果实对树枝的背叛

你喜欢咀嚼许多遍，以喂养黑夜

我被等花开的时间赐予耐心

你不屑于等待花开，所以

你的耐心恰好与我相反

我并不懂有些场合禁止

携带耐心入内，比如灭火　比如大喊

你的耐心是不够吗

不够支援但够旁观

我没等到阳台上的春天

却等到你耐心地将

我的耐心磨灭

过于耐心的好处，就是我

来不及反应，你将完整

耐心地给了碎片

我甚至没有耐心

匀出来耐心，给你道谢

拔毛鹦鹉

/

/

/

排列得不规整的羽毛

就没必要

污染我腾空时的姿态

想过烧光一身无用的装饰

或许还是赤裸

与世界相对更好

火没有眼睛，但我有

我还要用嘶哑的喉咙赞美启明星

随着风焚烧的念头，我在想

拔去多少能如斑马穿一身斑纹

成了斑马又嫉妒白鸽

披着稀疏的温度观看我

白的陆地被嫩粉的海分隔

风用质疑拍打我的成果

我扯下剩余的软弱

退怯和眩晕袭击我，顷刻

我知道我已经不具备

再成为谁的资格

我想我们都忘了

/

/

/

我想我们都忘了

你又如何能记得

我曾是何等卑微地向你乞讨

一条你的气息

哪怕只是

被贪婪的风侵占后留下的

你的不经意要进博物馆

我游着逛着指点着

那痕迹太浅；那夜色太浓

那笑声太轻；那叹息太重

我将离碎的片刻装进琉璃

用最暖的善意吊上投影

循环着你给过我的温度

就能沉溺在

永不散场的电影里

收敛只限在你面前

克制住喜悲

我不想让

我的情绪成为暴露我的指控

我想我们都忘了

你又如何能记得

我曾是何等无奈地向你恳求

在我顺应你的规则以前

请先别用狐疑的视线盯着我

不是每个人都会像我这样

虔诚地思念你，不掺目的

也不是每个人我都会解码日期

串联成几串心的图案

我想我们都忘了
那就不必再记得

白日梦游

/

/

/

被水浸过了吗？那文字

黑红蓝灰，飘给云层

窗口跃下，每步都像踏了弹簧

从冬天飞向春天

我变成

蚂蚁，共露水打趣

卫星，将地球俯瞰

教师，板书都调淡

杨柳，顺风投诗篇

我看见

丰满我童年的游戏

在橱柜里积灰

为孤独镀金的朋友

一具空壳腐败

我后悔

没能将永恒永恒

还是

只有遗憾方达不朽

铃声溜进耳膜

坚定逃向深海

——又多了个不醒的人

膝　跳

/

/

/

记得将锤子握紧
记得将意识溺死在
故作深沉的海里
记得将小腿垂下
像一方似要回忆
却更疏离的空气

击打是为了提醒
而非警示洪水
我清醒得能看见
几颗星星垂泪

浓烟解放另一种人格

扑空几回更锲而不舍

钟摆一样晃着

时间一样悬着

是过于渴求实验结果

还是迷恋上简单的重复

弧度咧嘴笑着

像种被批判过的快乐

铁锤的结局是锈蚀

笑过了以后得沉默

一派加浓的心照不宣

我格外怀念起单线的反射

默

/

/

/

聚合的烟吞吐分散的云

窗口的夕阳拖出

切割昼夜的线

我正用吸尘的地毯

却逆用解迷的绳套

舍弃文字只为创造情节

你慢慢地总结

我不屑的队列

代价是固体的活跃，活跃到

激发液体的误解

茶水沉迷茶叶

茶叶引发白雾

白雾划定范围

范围规定你我同进同退

白瓷太白

无力承重泡沫五彩

滑得破碎

平等逼迫每种完整

要会读，要会听

要会把气氛移植成表情

在如此频繁的明暗交替间

字条与贴纸同时失重

擦不去的微笑皱起眉缩成一堆

一勺孤独

/

/

/

我想把一勺孤独

舀到凌晨的缝隙

整齐列表展示的空洞

插座弯成路灯

炫耀幻觉中的神圣

渴睡者撕开眼

虚线勾勒出阴影

桌边版图凌乱

海陆进化到虚空

盯紧荧光入口

催泪瓦斯　不会追究谁的罪责

仪式感

/

/

/

烛台点好　香薰启开

桌上的玫瑰却已尽败

我与你的关系

已无须仪式润色

色都褪尽了

我便不必担忧我的细节

你能否看见

雾虽散尽了

大段大段沉默乐章

还是若隐若现

快乐的过去变成反义词

是你执起画笔

亲密的依赖切成碎片

是我执起锋刃

我不知

我可悲的仪式

又要演给谁看

电器杂论

/

/

/

路 灯

我不懂

怎样用永恒的付出换一时的享乐

作为红日的替代，我不希望

见谁拥着一团黑暗从脚下路过

我躲在光中，亮而不刺眼

为每段自我对话烙上回应——

我用那束灿烂拥抱你，这便是回应

电流灼着我树木下的孤影

我却要告诉路过的你

我在用光轻轻地抚摩你

能否请失落的你

拾起一地心碎，认真看看自己

黎明太远就先放弃

你还有我和我头顶璀璨的星星

冰　柜

散漫的生命凝结了

跳跃的思想熄灭了

曾吐露音符、灿烂鱼群的口

与猪的毛发虾的胡髭并肩

你生长为一丛冰下的灵魂

白色的欢声笑语在你的裸露上创作

拨开透明窗帘找你的脸

闻着少了口合理气味

你的花期将无限延长

你的姿态我独自欣赏

你成为永不过时的装置艺术

躲进冰柜只用红色作画

碎纸机

你的身影矮下去

在视线里如一抹将尽的夕阳

我旋了转钮

你的影子就与你剥离

切掉姓名，粉碎肢体

条状或末状的终究不再是你

白的你上有黑的字

霸占我打探你的消息

我本构想能

粉碎黑字，保存白底

却不料毁了完整的你

你的怨恨在墙上排列
一个类似咒语的图形
我最后望了一眼你
剪下影子顺进刀锋的胃口里

关灯指南

见了它，第一眼，请记得
用指肚摩挲外壳，告诉它
你不是为嫌恶而罢免它
而是人散要留给黑影
它的苍白应在笑里沐浴

关灯的指尖
轻盈如月下的麦子
甩一条闪烁的涟漪
脆弱的按键有响亮的痛
此时你要亲口向它说

你的光已穿透昼夜

稍事休息也没什么

请合上眼小憩一夜

先放放艰苦的持之以恒

最好留一串音符

随口哨零落

让它在孤单里

有能回味的节奏

离开它的脚步要细而轻

它不忍看到

有人因自己悲痛

垃　圾

/

/

/

昏迷的空瓶挤兑挂着油的废餐盒

投掷。激起灰和苍蝇

唾弃。人人屏息掩鼻

从执念到放弃仅是一个过程

在这里，一切平等，无论你

是否曾拥有重视

现在都被撕下爱，团成褶皱

公平地参与自己的灭亡

脏污出现，人们懒于洗濯

随手一抛，就再不必忍受

损坏者等于破旧者

崭新者却拥有特权

毕竟

物体只能是物体

无法参加人类的规则制订

贪食者

/

/

/

我不知是思想成就了你的味觉

还是味觉助长了你的思想

你只是吃，吞咽仿若不费力

我不知自我存在知觉以来

你曾是何等雅致地进食

你只是吃，胃部撑圆也继续

我不知濒危的兽类和失踪的人类

是否都已为你的吞噬葬送

你只是吃，连土地草皮都不放过

我不知淹进你胃的历史

几时能重见天日

你只是吃，还要求我为你觅食

我不知是文明将终结你

还是你将终结文明

你只是吃，好似正在咀嚼末日

你造了一个春天

/

/

/

你造了一个春天

用语法，用绿墙

用鄙夷枯萎的蜂蝶

我守着我的秋天

用丰收大地，金黄落叶

以及池塘中央滴下的时间

我不喜欢秋天以外的季节

用狂卷的风补贴我生命的圆满

于我而言

缺席的季节都是模拟的表演

只有在秋天

我才能从树叶的道别里

汲取一口属于我的想念

可你的笑声太暖，穿透墙

爱不释手地抚摸

险些点燃我精心收集的书签

我的秩序都被你打乱

只能偷偷摸进你的春天

你的黑发是一群孤傲的松树

自诩的矜持已被春天烧成一片

你的手正指挥群燕的去留

衣摆却执着地向大地伸展

你用草地侵占我的沉睡

我的秋天被你轻推

竟向着你的春天偏坠

我的秋天感染了你的草原

你的草原推翻了我的秋天

生命中装下你的每个精彩瞬间

向一只兔解释死亡

/

/

/

我该如何

向一只兔

解释死亡？

或许和向猫

解释树皮一样

或许是伪装

但又装不像

或许不用再装

装成年轻模样

或许和向鱼

解释柳枝一样

或许能游泳

但掀不起浪

或许不能再游

游过的再清算

或许和向鸟

解释流星一样

或许会陨落

但需承受烧灼

或许不会陨落

落得孤亮的结果

或许和向鹿

解释冰山一样

或许已见过

但并不了解什么

或许没见过

过着侥幸的生活

我该如何
向一只兔
解释死亡?
或许就和
向一片海
倾倒孤寂一样
广博的沉默
狭隘的忧伤

筹　码

/

/

/

汗水腌渍这一刻

翻来覆去的氧气急不可耐

排成队列，如

蛋糕流水线上的均等间距

每有一个参与者，就往前挪一格

透露神色是在给予机会

麻木的脸僵直地伸着

一切拥有过的和贴身的都被换了

红的黑的，在手里攥着

偷瞄别人，庆幸或哀鸣

活了半生最终竟不能自觉喜乐

又有一个，押上了自己和

与自己有关的所有亮色

虔诚地祷告，求谁保佑

他懒散地招手，沉闷发生在

右手旁的铁箱

签过名的字条在他左手捏着

有人看到了，却扼杀怀疑

演成舞台剧里盲人的角色

筹码的箱，满了

他身侧的机器摇动着

像要抖下积存已久的尘埃

数字诱发一片饥渴

完美地依照剧情所需演变

一点成功，一海牺牲

宣示了结果，灭亡了生活

却仍有不断的赌注往箱里送

如一群将叹息咽进心里的掌声

窃食时间的国王

/

/

/

传说有个王国　时间存进国库

国库钥匙揣进国王衣兜

清晨六点的人　算好时间残剩

排队在看守中领二十四小时的配用

日子慢慢地过　王国很和平

国王却总觉得子民亏欠他什么

于是某天六点　国库大门紧锁

国王从暗门进入　吸取时间的丰盛

干瘪如干果的脸水嫩白净

他不敢相信自己的手

觅一面池，观察面容

原来过量摄入会使时间逆流

停摆一天，又能如何

他沉浸在逃过生命劫难的狂喜中

直到那天　第四次偷

间谍泄漏出时间的线索

邻国来战　国王胆战心惊

想紧急为全国配送时间

奈何国库都被吃空

敌兵攻到城堡，他止不住地哆嗦

可满城的鲜活都被他葬送

间谍早就自刎　留着他看灭亡

临刑时他最后的回忆　竟是不悔偷过

时间的天平，究竟是失衡

还是未尝平衡

帘 想

/

/

/

每道帘都是一堵墙

一面同凯旋者庆功

一面向受难者致敬

二元对立，隔成

左一元、右一元

每道帘都是一朵莲

匆忙吞饮雨水，而后

把心铺在阳光下晾晒

每道帘都是一匹马

挨到午夜，披上清风马鞍

一群布条滑过玻璃窗

偏爱飞行

想念作为棉花的岁月

每道帘都是一件裙

身材走形　容貌衰败

孩子们都睡了

月光里，青春的梦

随陈旧失衡的舞步消散

冰　岛

/

/

/

每块冰的前世
一定是颗流星
无数的璀璨
解构为散落的冰川

他们泪目笑着
情绪汇集交叉
琴键挖去几个
空白无人理睬
无影灯不忍心
赐我一捧冰岛语

万年以前

神明交流手段

先背单词

再解句法

看懂梦里花落

极光也采几朵

喧哗隐没以后

我和我们交流

一块蛋糕

/

/

/

淌着果酱的蛋糕

被他们摆在广场

起初我独享美好

而后爬上蛋糕的蚂蚁越来越多

多到黑淹没奶油的白

推搡和挤压时常产生

没有谁愿意劝说

口舌只为甜美预备

断手，断脚。直到

谁咬下它的头

蚂蚁们意识到这是次无规则的战斗

一拥而上，迸溅的血染了蛋糕

油腻的液体止不住地流

我挣扎出埋伏

蹲回我熟悉的角落

第二天又有块蛋糕

我只看着并没出手

蛋糕无限，蚂蚁无关

所以才能产生循环

半　衰

/

/

/

你的一半

与风弥散

我的一半

被光消遣

我说我给过你时间

让你藏放射的引线

我说我给过你时间

原子刻录在年份里留言

我说我给过你时间

见不得长过一生的厮磨

我说我给过你时间
却没请你换我等价的年月

一趟半衰
你就不见
两途半衰
我也灭绝

流浪，流浪

/

/

/

你在荒原上

单手挂皮箱

文字在书里

流浪，流浪

我在厨房里

热一锅信仰

气泡在空中

流浪，流浪

你在化石上

铸一批幻象
回音在空谷
流浪，流浪

我把寒暖流
甩进一碗汤
面容在镜中
流浪，流浪

浪流里流浪
流浪里守望

流浪，流浪

问　答

/

　/

　　/

你并不清醒，却向我

索取能显示清醒的道具

理由是需要覆盖滋长的情感

你的身上流动出

组成挫败标志的颜色

唯独缺乏理性的代表

你说你独坐江上等雪来

却被一场天晴敲醒

无谓的期待是气球

你只看别人碰

自己却懦弱不前
因为你的手和心上长满钉子

你说你最痛苦的行为
莫过于亲手抛弃你造过的梦
你需要梦，梦里是他的行踪
但美梦不长，噩梦恐怖
你将期待铸成最小的砝码
以为总会调出你要的平衡

你说你的生活
欲交换欲保留欲掩埋的动作
墨在眼前，像
咖啡杯里顽固的奶沫

你说你想用成为自己的机会
叠成一只变色龙
为喜悦而明黄

为悲哀而泼墨

还要踮着矜持修剪蛮横

我说我也曾漫步江堤

天晴后才会有明丽的愿景

易碎的气球就别触碰

目送它淡进初春的夜空

轻轻地挥手，罔顾铁钉

我说我也曾长篇大论地做梦

因为焚毁旧梦方能新生

生活本就是个天平从未对等

何必将心削成小块顺应平衡？

美梦就追，噩梦锤裂

你才会等到那场无负担的美梦

我说我也曾潜心研究

一幕幕精心策划的巧合

再多的动作都只能描写错过
不如看看价值超过永恒的片刻

我说我也曾披上伪装
为了接近扮成变色龙
但你就是最独特的颜色
不妨刮去模仿
收获比变色更明艳的风格

你说你很幸运
与我捉琐碎的泡沫
我说我很欣喜
能和你在生命的草原上
看生生不息的复活

插入语

/

/

/

坚挺的空杯，拥抱着倒立的水

当水停在杯中，便不再接受静默

犹如一个完整句子需要说出来

期待和谐音律，内容的焦渴

苦苦支撑的声线怎能被

任意游戏的水把心思搅乱

可说不出口的那句话，终未出声

留下空荡荡的文字

在青春的笔尖上展示它的无心之举

往事如烟，将空杯注满

那压裂身躯的一刻
连同失去弹性的皮肤
被埋进尘土，就像一句
多余的插入语

大步舞曲

/

/

/

你奏响旋律，让你爱的歌

月光一般铺满你的房间

指着披起纱被的地板

这只是我，那只是你

抽象的图形眨眼说同意

音符跳出播放器

沿窗缝滑行

把你的声音晒干成末

想念就冲一杯喝

繁复的乐谱里找不到我的位置

索性放弃，听你唱歌给我听

你总能把控到我丑陋的脆弱
却并不击破，只轻轻抚摩
你总能发现我佯装的勇敢
却并不拆穿，只是将我
满是刀口的沟壑填平
你总能捕捉我所忽视的
却并不提醒，只拾起细节
融进怀里，怕手掌的锐利
划伤我的心

你的关心太具体
我来不及完全感应
你的步子有点大
我要努力跟上你

今天的云白如艺术电影

/

/

/

轻佻的动机，错乱式叙事

随时播放，随意剪辑

谁将艺术电影道具

裂开了个口

今天的云便

匆匆往幕布上赶

鲸鱼喷洒鲜花

召来循香的鱼群

紧随鲸鱼，它们

潜行到最美的海域

有只狗披上幽灵袍

躲在与世隔绝的一角

四条小猫耐心劝导

于是狗脱下线条

一头象甩起长鼻汲水淋浴

顾不上探望身后的鸟

遍地芬芳，处处恰好

阴影和明亮悬在一起飘

自然调出最适当的色调

捧起一掌，轻柔挥洒

我们以人的复杂打造的艺术

霎时失色，再不协调

比艺术更艺术的云朵

胜过一切人造的景色

却毫不张扬，趁短暂的生命

享受自由的快乐

避难所

/

/

/

诗 屿

乘着诗句粘成的皮筏

被风推着往深不可测的生活去

笑声滴下酸楚的咸涩

冷淡不屑地在岸上观看

我被激流涤荡一空

扑着虚无还给虚空

泪水戳破了维护自尊的谎言

我就快溺在海底

绕过一处缠满讥谗的礁石

与宁静地卧在汹涌里的你会面

你从容地向我展开拥抱

就像蜂鸟向世界炫耀羽毛

一道呼啸，一顶裂缝的天空

一束许诺，一座拯救我的岛

一个被拆成两半的句子

是你向我投递的讯号

我的一半，由你圆满

吸收忧郁，叹出热切

多少言辞汇成岛屿

天真的措辞也能挡下骇浪

你说若我想走，你不会留

但希望我能喜欢泡在水里的失重

我便卸去做作，重拾轻松

在温润裹住不安的岛上

听文字间磨合磕碰共舞的声响

乐　园

一路上你不安地回头

说担忧被贪婪的恶魔偷去笑容

你试图放松，却发现

做习惯了假动作的肌肉拒绝配合

就连哭都要松掉扰动

你说没什么值得在你身上发生

充气的好运被细绳固着

迷乱与风共舞的节奏

编一朵皇冠住在你的头顶

你的嘴角咧动像要有笑容

现实被打进鬼屋

恐吓热爱冒险的游客

不是你，不是我

我们匆匆路过，有多少错过

不必道歉，缘分会替我们懂得

一群云来体会人间的乐趣

不料却被砂糖吸引

于是成品中多了流动的蓬松

你看，要被生命贯穿，再与希冀融

合

才能拥有最独特的协奏

快乐在闪动和歌声里飘着

你拾起一行不忍戳破

我也陪你屏息维护

即便是微不足道的轻薄

终究还是被时间带走

你说走的必定要走

不如一切随风

回忆被挂在循环的最高处

本是为它而来，你却只挥挥手

灯带亮了，你却不同以往

为了取悦扮演幽默的角色

剥落不适，找寻自我

出口之外，暗涌生活浮动

回望乐园，快乐驻足胸口

由始至终，像走完一趟人生

你的眉梢埋下勇气的种子

生出被简单漂白的梦

那座乐园被浓缩在心里收着

就不再担忧希望被伤口偷走

鲸

口袋装了太多杂碎

就会感到窒息

浓烟侵占空气纯净

城市遮掩头晕

锁上窗子闭上情绪

关上清醒以此隔离

忽而窗外飞来一只鲸

驱散迷雾，发出蓝光荧荧

窗锁脱落，让出微隙

那是对我发出的诚挚邀请

踏云追风，乘鲸而去

鲸的气息凝结成符号

落地后是一串无人能懂的回音

浮在拥塞的交通上

挤进时间的疏漏里

专注效率的人们

竟未发现头顶有异象

拜访积雨云，它爱发脾气
游过季风区，听风的叹息
俯瞰最高峰，纯洁了记忆

快乐不是艰涩的音节
而是此刻真切的呼吸
不是不想醒，而是不愿醒
满城的灰色迟早会将我吞并

而我是何等幸运
和一条与我同行的鲸相遇
一种至简至明的蓝
却是多少飞机都忽略的风景
我为低头匆匆的人惋惜
往更美更深的领域游去

心中有鲸，眼中有云
不惧风雨，往梦里去

云边小屋

气球飘不到的地方还有阳光
无重力的梦想就环绕在我身旁
睁眼遇到一群热爱自由的鱼
闭眼享受云朵幻化成的海浪

一只秃尾的猫睡在潮汐中
一只残耳的狗泡在温和的海
不完美是为了躲避过于完美
躲开完美才能看到不完美多可贵

茶水间里的茶点
放下整齐，排成散漫的队列
喜欢这样脱离拘束的时候
不爱齐整到丢失颜色的感觉

电脑开着，没有网络

适合关掉电源，启动想象

平凡的日子既已成习惯

就要加点梦幻成就心中的遐想

云边小屋

引云停驻

放下复杂

翻开旧书

水晶杯

/

/

/

将膝陷进绸缎

把脸涂上光彩

挺直腰在橱窗

接受华丽想象

明白自己易碎

所以宁愿守在透明囚牢

也好过一地不堪惹来厌烦

我捧着来访的梦以免消散

它们说自己来自江海或山川

总不免想

或许真会有人愿意将我

融进生活，不在意

多出一个要呵护的角色

我说我是负担，而她说

我是一抹从天上摘下的彩虹

能随阳光的舞步变化颜色

我也就释怀，在她手掌隙缝看云朵

有聚合、有离散，才是生活

当我被展示灯的喋喋不休胁迫

厌倦了隔绝世界的呼吸

有一双手，细腻的手

掀开了网，将我解放

我压下心中窃喜暗涌

谋划着该如何诠释感激

她精准地把我

投放到铺着餐布的桌上

红毯微眯着眼，吊灯投射视线

被一群嘈杂的嘴巴纠缠着

我与多少个

显得不特别的它们并列

保　护

/

/

/

就算是一枝花

也懂要偷一粒香气

让水染上温馨

以此保护水瓶

就算是一支笔

也懂要偷一道签名

贴在纸的左脸

纸就有了意义

就算是一滴泪

也懂要偷一条痕迹

挡在阳光身前

认真拥抱空气

我的眼神曾被怀疑占据

躲在疗伤的药水里舒展伤口

那是我最常待的角落

行人们只是路过

追着泡沫里的精美

我感到我将溺死在

打探和借口的漩涡

而你坚定地走着，望向浮夸的景色

是多么天造地设的巧合

你发现了沉向流言中心的我

你靠近我，用最恰当的速度靠近我

我甚至不惜，被浓郁的黑色脏污衣袖

我盯着你，用最牢固的把握盯着你
怕是幻觉，所以要珍惜眼前的
直到思想剥落的那一刻

你脸色轻松，救下了我
我收了暗色，回归透明
这趟由荆棘向惶感的旅程
有你将我护在身后
感觉也没那么难走

就算是一个我，也懂要保护你
于是我撑着勇敢装着无关
平复汹涌站在你面前
乌鸦朝你诱惑，野兽对你垂涎
我吞下不安舞起利剑
这句话我说过太多
现在想听你说
谢谢你保护我

如果你不肯接受我的冬天

/

/

/

如果你不肯接受我的冬天

我就会

猫着腰躲到深秋的角落里面

你或急切地寻找或悠然地等

直到我

被冻成叶子飘向你的鼻梁

没猜出我是谁，你掀下叶子

向四季里继续寻觅；而我

早窃笑着逃进夏天的脉膊

随被热切加温的蒸腾飘上天空

躲到炎热的磅礴里面

俯瞰你在饥渴的威胁里跋涉

我不忍心，拧干一朵云

每滴水的忧郁组成一场强降雨

你收到提醒，正要攀登云梯

我抛下云朵隐入暖春的花丛

乘一只会唱歌的鸟

藏到清新的婉约里面

你沐浴歌声却无暇欣赏

拨开每处草地寻找脚印

我在一丛杂乱的树枝后

轻轻附和着曼妙的旋律

可惜你没认真听

专注地思量

理性地呼吸

我想该让你认出我，又怕

惊醒那只沉睡的花苞

于是就这样陪着你，跟着你

不知不觉走过多少

猜测的距离，时间的气息

在这不觉疲累的游戏里

我的眼角敛去了冬的寒意

迎　春

/

/

/

一季的冷酷沿根而上
狰狞地讥讽微弱的光
你将身体调成鹅黄
浮在一浪一浪的寒风上
愈是寒冷愈要怒放

颤抖的花瓣刺向天空
暗香压在醒与梦的边角
要用烂漫烧尽这三月的昼短夜长
你在的地方就有光
就有咽下黑夜呼出白昼的向往

不求感谢，不望回报

你说春天就是对你最大的奖赏

引来燕雀赞赏和桃李芬芳

冬天被撕成碎片

向暖洋洋的春天抛洒

你在泥土头上　江流最后仰望

一句承诺点燃了一群信仰

骑一朵属于我的云

/

/

/

捧着日光的余温

指点午夜的星辰

我骑着一朵属于我的云

在柳条柔韧的气息中航行

群山呢喃着

向山谷索取回音

山谷眨眨眼睛

用雀的失眠应许

洒了一角颜料

就多一颗流星

漏出一滴余热

就焰一次冷清

桥洞连接

幽暗通向微暖的小径

我用春意

点燃黄昏馈赠的灯

暖黄拖住昏沉

晚风驱散睡意

我骑一朵属于我的云

在被树枝挤碎的月光下航行

一场关于海的戏剧

/

/

/

海水洗掉你的愁容

疑云被腥咸的海风遣散

浅浪裹着细沙轻吻你的脚踝

踩着脚印，我跟你走

你指出每颗星星的小情绪

指出灯塔偷瞄小船的羞涩表情

指出树叶私语传达的小秘密

指出海岛拥抱阳光的日期

你和我各踩过一次的沙砾

经过一次冲刷，就能平复

我流的泪或许已在某个清晨

蒸发为降雨

在月下，你被分解为

连接的曲线和直线

不是沙，不是泪，而是你

这无法暂停一路单行的戏

是你陪我主演

造 星

/

　/

　　/

有三颗能将太阳

看成一粒灰尘的恒星

牵手，在宇宙的某个角落

第一颗恒星负责打造基底

它说古书上的化学分子式

对应上物质，就成为风景

挑完原料，吹声口哨

第二颗恒星就将几盒沙土接住

它的任务，是融合润色

少量多次，加水烘干

一颗星球有了圆形模样

它按下荒芜出品为生命

有时星球上草木鸟兽都浮现

有时星球上只是些细胞碎屑

而它从未慌忙

生命，难以解释的奇迹

洒点视线静观演变

心情好就套个环加条尾

抑或遣送至

第三颗恒星面前

它确立每个星球的位置

宇宙有它的分布图表

每一天

有星球生长，有星球消亡

瞄准空缺，弹弓绷紧

那星球便在黑色海里漂流

适应了自己的位置，旋转的节奏

就安顿在属于它的地方

弹弓角度一旦倾斜

便出现撞击事故

若是尾巴加得太长

流星就燃一道华丽尾音

给宇宙一条绚烂的伤口

有些星球不甘沉默一生

便将肉体交给沿途的风景

炸成一片流光溢彩的云

各有各的活法

怎样走都是活着

按地球算法

每十万年，材料库补充一次

大多数时间，回忆自己的作品

就是它们在漫无止境的黑里

聊以消遣的几束极微的光

安　睡

/

/

/

孩子啊，你放心地睡吧！
我会把成年人抛弃的理想
劈开点着，精油和柑橘
在火苗里飞行，它们会
许你一枕轻松

孩子啊，你放心地睡吧！
梦中追杀你的军队已被我障眼
他们将在彼此的心里迷失
掌上的血凝结为珍珠串成手链
原谅他们过往的罪愆吧！

孩子啊，你放心地睡吧！

莫问我是谁

我只愿把你还原成你，至于

华丽衣着或万贯家财

它们不该，也不忍污染

此刻的你，呼吸属于

十一月清晨的白桦林

孩子啊，你放心地睡吧！

请别想醒来后沉沦挣扎，

橡皮已擦去你的泪痕

让它再把你的姓名、你的爱恨

你的露珠与草叶，以及

被圈在玻璃瓶里奄奄一息的蝴蝶

抹淡一些，最好除去

睡眠时的你，独属于梦

喧嚣的星球上，我划出

落寞一角，赠给你和你们

孩子啊，你放心地睡吧！

致梨树

/

/

/

你的花是画家不经意的勾连

水底的藻一般望天

你的枝条受了泥土赠予

用沉郁的黑曜看透雨的世界

微风换不来你的摇曳

滴水不懂你枝头的翩然

你只微笑

与身旁饱经沧桑的麻雀深谈

登　高

/

/

/

一

次第的石阶甩向身后

呼啸的风爬上耳膜

与蓝天缠绵的树冠

牵住几片寡淡的云

枯萎的回忆刺伤地面

锋利的欲望直指天空

午后的空气干爽而轻松

温暖了每张路过的脸孔

而这城市里目之所及的一切

都被他尽数撷取　握在掌中

二

掉漆木板铺就地面

起重机轰鸣响彻天空

清爽的甘甜舌尖荡漾

双臂拥抱午后凉风

不必担忧百尺高楼塞满视线

向自由的路已由红果绿叶铺就

被迷醉的白云忘记飘游

就此驻足在点和线的世界中

伞 藻

/

/

/

你　剜我眼　断我头

为某个冠冕堂皇的需求

排列组合　记录颜色

毁灭式的取用　糟践我的独特

扼住了我的喉咙

毁不掉我的信仰

我是我　我非我

我要我　我即我

再生之伞　轻吟浅唱

给生命的颂歌

海浊穴

/

/

/

他们偏好陆地　赞美文明

推陈出新演绎完美体系

每天都在笑声里日出日落

倒挂　上吊　用生命博取鼓掌

群居　簇拥　谁都恐慌流浪

已知足够和平

不需要探求未知的野心

理解和言论封禁

不甘让心被蛮荒引领

我躲到星球边界

一眼海浊穴里

那海水，受盐分依赖　海藻寄托

泛卷浮沫却足够干净

但愿我被海啃噬

躯壳一去，灵魂轻摇着

闪光的翼，终于寻得某颗星球

我就此定居

逍　遥

/

/

/

往事书页随着风消散

正午街上也有路灯亮起

虬枝盘旋　不再成为别人的装饰

太阳成了蜡烛任谁点燃吹熄

复杂因果关系从此摒弃

我要活在点和线的世界里

哪天重要无须他人多言

我绘制只有晴天的万年历

薄雾冷了咖啡

/

/

/

独坐枫林间

薄雾冷了咖啡

鲜红的枫叶

在迷蒙中

忽闪

握一把时间

观其倾泻

秋天

送

/

/

/

棋子把灯花
送给霏霏淫雨
奇树把馨香
送给远方所思

红酥手把烈酒
送给满园春色
彩笺把思绪
送给山长水阔

我把自己

送给诗

以及我被看作

虚浮的梦

读着自己和别人的人生

我未曾后悔

以青春相赠

烟　花

/

/

/

我用一生沉默

谋求一次绽放

让欢欣雀跃的火光

在新年的天空炸响

我在漆黑里

摸索出一道走廊

这曲折迂回却充满盼望的路啊

就由我用光芒照亮

倒走时钟

/

/

/

倘若可能

我将拥有一只

倒走的时钟

时间的眼睛

从死亡

望向出生

何必急躁 何必匆匆

只须等银发褪成葱茏

世界向前，而我向后

不必迁就一草一木

我有心里的节奏

盼望和期许

最终熄在

襁褓之中

微微一笑 成竹在胸

就由你把时钟拨正

一把句子掷向天空
飘散如气球

/

/

/

还没做好

享受孤独的准备

还不习惯

把失眠用刀叉肢解

祭典启幕

我身上是绳

你手中有刀

忌骄、忌贪、忌狂躁

戒隐、戒情、戒虚妄

文档打开　阅读停不下来

不明液体　勾引谁与谁交杯

形式格式都非成功尝试

分行押韵，诗作才算完美

我需要

一立方氧气、几颗离子

甚至是

屏幕取代思考

密码难过圆周率

没人占有的人

当真活得悲哀吗？

一把句子掷向天空

飘散如气球

残　句

/

/

/

拼成一千块的脸

每一张脸，拼成一千块再瞧

每一张嘴，表演着，似乎体味

脸和嘴没资格以为，观众才有

平均寿命

平均寿命：七十六岁

我每天都死一点点

直到凑满七十六个三百六十五天

好奇心

城市被你造成水晶球

我在你好奇心里

淹死

无缝蛋

有没有可能

是人，而非苍蝇

在被讨论？

价　值

文物坏了可以修

心砸坏了就忽略

——死的活了，活的只能死吗？

屠龙者

/

/

/

演习银盾成铁壁

排练弓箭的准星

我盲目地随着队伍

喊着冲锋口号，以为

屠龙就能抱拥名利

广场上的红布被割去一角

鲜艳地提醒着出发的日期

回首凝望风郑重的标记

在掌心刻下决定

一

龙卧在褪下鳞编织的地毯上
牵一只蓬松到被柔风捏得直笑的云
鼾声震下墙壁上意志飘忽的土石
也摇摆我被汗浸湿的决心

医药课上教的固着药剂
生理课上学过脉络割离
我用冲锋遮掩迟疑

血泉淹了草地，黏着脚踝
龙的身躯沉稳地睡下
甚至无须一声惊奇或哀鸣
尾巴上荧光的鳞片褪色为
黑色三角，剥落一堆
凋零的刺激，陨灭的图形
我在悔意里庆幸

冷的权杖给予我热的功勋

草的庆祝并非我的心情

龙的占有不包括血染的金银

只是被树叶信任的树枝

和两颗庆祝春天的树苗

叶上的嫩芽无邪地笑

向我索要开花的日期

迎面扑来的红砸进电影

我在蜂拥的失眠里

考虑一种可能的曾经

二

密语的鸟类吐露心迹

垂下的藤条构造吸引

我将动作插进众人一刻的忽略

佯装迷路逃回森林

蘑菇的伪装是人惯用的把戏

寒意麻痹，味觉抗议

在众多的彷徨中要选择唯一的确定

酸涩激发，僵硬肢体

我用最后的知觉投向

一支射向大地的箭

飘来的香味在黑暗里拥有实体

我先有鼻子，然后有眼睛

熟悉的盔甲挤了一地

计算数目，我了解厄运

龙的左眼上挂了一块

用金链牵着的玻璃

链条贴着龙鳞，在见我时耸立

我挺直身体等候

死亡的脚步覆盖我的声音

却只见一锅菜汤和一个背影

饮下菜汤，便又睡去

重复着相处，我慢慢读懂你

你左胸的伤是剑刺痛的结局

你与白云相伴，每天练习飞行

你只吃年迈而皱眉的树枝

你熟练喷火却只烧水

小心地避开朝我们欢呼的鸟群

流水有改变我的权利

我回避返程的日期

许是偶尔的张望展露了思念

你少了欢啸多出思虑

在群星都隐瞒视线的夜里

你用消音的双翼与宽广的背脊

为我定制一次飞行

我抒发着苍白的词句以表达

对你的感激和歉意

你并不回应，猛一俯冲

我知道我将告别这次奇遇

和待我友善的你

三

将时间划成方格，用等待涂上颜色

踏着一地冷色，握紧手中希冀

一周结余，我点亮一个新的日期

传说龙会在长夜将尽黎明未至时

翱翔海岸，提醒星星

咽一口忐忑，继续奔走

相信月光能把草屋晒成一栋楼

舀一捧海里的银光

又惟恐海太过寂寞

放归捞起，熬到黎明

有只黑影拘谨收起翅膀慢放落脚

朝黛色的吸引投射注意

我不狂奔，也不招呼

只是依我的步履前行

它向我走来，带着猛烈的震颤

我向它走去，并无一丝可笑的依赖

就着荡漾如半壶美酒的海

我奉上几道局势的指代，明示却委婉

不耐烦的日出杀死某一个夜

血染红海，风弹奏树叶

我观察你埋在躲避里的眼

臆测你会应许或拒绝

时间吝啬地抱起双臂

久到你不能感应我的语言

飞鸟传来愁绪，我正准备放弃

却见你沉重而悲哀地点头

用琥珀般的左眼投了一道眼神

甩下一块亮晶晶的东西就振翅飞去
我缓缓地、缓缓地
将你的遗漏拾起

一周过后，抵达山洞
地上两个土坑述说树的痕迹
一片觅财无果而生的抱怨声里
我在石壁上刮下一块龙鳞
与那块金链拴着的玻璃相依在裤袋
玻璃的右下角
是一个手执工具的人与龙相依
和一串模糊的日期

我永远不会忘记你那双
比珠玉清透比钻石昂贵的眼
以及那场将至未至　血色染红的黎明
你用让步教会我驱逐
却没想让我懂得怎样忘记

风信子

/

/

/

风递我

一枚风信子

风中投信

裁一角斜阳作信封

屋顶上有朵无名紫花开了

墙上的爬山虎同琥珀一个颜色

楼下一群孩子　我听他们的歌

新开的咖啡馆味道不错

为你我曾挥毫畅游理想边界

也曾祈愿为残花几朵

如今爱怨划归平凡

晚秋寒凉，记得多添两件衣裳

夜用流星勾勒一些边缘

此刻，我点燃信封

惊起几只燕雀

反向装修

/

/

/

不断盘旋

思想在摩天轮上

水泥浇筑

城市中央的狂想

钢钉玻璃华美装潢

艳美油彩隔绝清风

楼层越来越高

在迎合谁的逃离欲望

准我反向装修

剥离虚荣脂粉

平平无奇也罢

建筑只留一层

逃

/

/

/

逃

双手大张

我站在走之旁上

这艘小船

帮我挡狂风骤浪

韦思图被撕开缺口

一个元素向外窥望

世界啊

请你原谅我的叛逃

我只是疲于

死循环式的思考

思维只留主干

剪断一切枝条

直到漂流到另一座海上

找

表停了

一切往历史里找

枯萎荷塘找鱼

金属海浪找沙

匆匆合上的毕业相册

找四十多个稚气笔迹

被时光冲淡的墨

找满怀深情的笔

一些被我浪费的温柔

找一些被你挥霍的等候

熟练的都停手

某一句理所当然　想找

另一句百般依顺

几只鸟把躯体交给天空

为找到湛蓝的自由

所有漂浮的灵魂

重叠又立刻分开

找一座不再失眠的岛

表停了

一切，又何从寻找？

溺

如果这是梦

让我别再醒

何其有幸

与你合作乐曲

手指交搭　长笛短笛

背脊绵延　撩拨竖琴

沉睡鼓面　因你低吟

你的呼吸

与风铺成动人的旋律

别再无私　反须索取

你有两汪清泉

水滴引成降雨

唤醒干涩躯体

祈求神灵　时间暂停

我是绵羊　请指引我前行

躲

社交网络上你从不发声

现实世界里你衡量思索
总有人愿听面具身后的世界
你为什么躲闪呢

只有鸟生来就会飞行
还是鱼从未厌倦游泳
总要有人探索，向未来点灯
你为什么躲闪呢

每个细节测量，精确到纳米
剪刀试了又试，怯生生裁切
无论粗糙还是精细，都因你而美丽
你为什么躲闪呢

桃花里的男孩，面容最可爱
一定会等到，闪闪发光的时刻
星空何等广博，身边万物平等
你为什么躲闪呢

追

叠个镜面

逃即是追

风筝将

自由呼吸的权利夺走

我要夺，夺回

你放弃的幻想

我要追，追那列

曾经深绿一片的车厢

雪被月光晒化　淌成泪河

灯下羽毛温柔

埋葬多少感性理由

席卷过巨浪　却更冷静

淋过雨的人才更渴望天晴

丢下玫瑰　不再斟酌

泥污和汗水擦出

一只铁盒

没涂油漆　没写寄语

我将追到的一切

融成半缕

释怀洒落的阳光

藏进云与天

交界的那道缝隙

一只有理想的狗

/

/

/

耳朵随风舞成螺旋桨

清晨第一缕泥土的清香

遨游天际平步云端

那是你积攒许久的一个理想

奈何两腿旁生不出羽翼

不锈钢笼和铁链禁锢你的向往

但你心里有一本图册

装满你对未来足迹的畅想

有回一架飞机闯进天空

留下两排白线就奔向远方
你污浊的眼忽而明亮
心底蒙尘的理想又重获阳光

当海平面飘到云层上
当一只狗有了理想……

从今天起，
做一个幸福的人

/

/

/

从今天起

做一个洒脱的人

裁一角夜做披风

张张合合的嘴甩在身后

从今天起

做一个随和的人

在命运的指挥棒上平躺

我的心是随遇而安的小舟

从今天起

做一个温柔的人

绕开每根草芽独行丛林中

聆听并赞美蝉蛙协奏

从今天起

做一个幸福的人

走过千山万水才懂得

不幸源于能力太小却想要太多

逆行者

/

/

/

当委托成为命令
当号角屡次推进
我在面孔的挤压里逆行

人群没收了我
急于证明的脆弱
以水作镜的自怜
不假思索的讴歌
我要做的梦，留着

我并不迷恋也并不想
点在人潮里作缀
路很崎岖才说明选对了

我知道我有资格

为自己选择的潮流上色

你们看我

我看你们

都用着看逆行者的眼神

大合唱

/

/

/

一路上热热闹闹看过了多少人

脱掉颜色，为勉强融入景色

又看过多少人

披着执着，与繁荣世界坚决分割

大合唱的准备工作

困难如构造行星吸引

悬而未决的曲目

忽而藏匿忽而只露一缝眼睛

昨天的疼痛还惦念着

明天的洪流又催促着

夹在时间里的我站在今天的路口

想起失，想起得

想起做过的肥皂泡般隐形的梦

老树下用藤条编的秋千

被风和苔藓啃掉了信念

载着童年的欢乐岁月

已在淡去的新年庆典里走远

如果必定是历经痛苦的过程

那就找些消毒药剂喷洒心灵

痛过以后才能体会成熟

我的沉静就由自己唤醒

琴键上飞出闪光的诗句

提醒我忘记就忘记

放任沉溺的人会失去回忆的可能

听过我的歌的人用温润包装信任

一份一份的礼物盛开在不安身旁

我在指挥的位置站定

本是独自幻想，不料共鸣绽放

投进深潭声浪，竟然有了回音

文字躁动在声部，试图冲破我的坚强

本来束手无策的我再不推托

以曲谱编织禁锢

用合奏打造梦幻

剩下脆弱漆上的坚固

惟求最简单的那一片声浪

和声唱响，随兴解放

多少的目光我都再不害怕

大合唱的曲目

我想我已选好

后　记

　　空白稿纸上铺满曼妙的旋律，和风在秋天将曲谱的一角掀起。很高兴能与各位分享我的诗集《随兴曲》。

　　这部诗集收录了我两年多来的诗歌作品。整体上分为两大辑：《随兴曲》《一把句子掷向天空飘散如气球》。

　　《随兴曲》最初的定位是"生活中微小但美好事情的随兴记录"。随着我的不断成长，主题逐渐往更深处漫溯，最终我对它的定位是"以音乐的框架与诗歌的形式体现人生"。我用五首"旋律"隔开四层"曲目"，意在隐喻许多同龄人初入青春必经的四个阶段：阶段一，以童稚的目光打量到来的青春世界，此阶段的作品色调清新明快，内容温和美好；阶段二，察觉现实对梦想的侵蚀却又无力改变的彷徨，此阶段的作品在明亮中掺入了暗灰的颜色；阶段三，袒露内在自我斗争的不安，此阶段的作品风格有些沉郁，透露出对人生的困惑与茫然；阶段四，展现内心挣扎以后的澄明，此阶段的作品在格局上进行了加工，确保每一篇都有充足的回味空间。其实，品味的角度并不止一种，如从"孤独"出发对四部分进行解读也可，这是我留下的空白，希望读者能将其填补完整。除此之外，我还在作品中的题目、诗句中糅进乐曲的元素，努力使诗集的概念更完善。

《一把句子掷向天空飘散如气球》这一辑的核心为"探索"。意在探寻诗歌的边界与我自己的创作极限，在作者看来句与句之间并无联系的诗歌内容，交由读者理解。多结局的选择诗，多种可能凑到一起才是全貌，突破极限字数的《屠龙者》，句子少但意境足的残而不残的《残诗》……每一次尝试都值得纪念。

限于第二辑的篇幅，我将两辑合二为一，读者们也可分别猜测两辑的篇目，

衷心感谢著名作家、文学评论家宗仁发爷爷百忙之中作序，这份对文学后辈的关爱提携之情让我永远铭记于心。

同时还要感谢支持我创作的父母、时代文艺出版社

以及全体编校人员。没有他们的倾心帮助，就不会有这部诗集的出版。

在诗歌的创作道路上我是个懵懂少年，收入诗集的作品还很稚嫩，在此，恳请文学前辈和诗歌爱好者赐教指正。

青春是美好的，然而青春的路上并非一帆风顺。你能否认它、抗拒它，但却无法回避——在这生命成长必经的一程岁月里，每个正值青春的人都须细细体验思考和梦想、困惑与茫然、伤痛与快乐。这便是我写这部诗集的目的。

青春终将到来，青春也终将逝去。愿每颗年轻的心都能不负韶华青春无悔。

作 者

2023 年 10 月